AF297894

V E R S

SVR LE SVIET

DV BALLET

DV ROY.

P A R

Le Sieur de L'ESTOILLE.

A P A R I S,

Chez Mathurin Henault, ruë Clopin
prés le petit Nauarre.

M. D C. XXVII.

Il y en a une autre edition in 8º dont les vers sont en lettres
italiques sous le titre suivant. Le serieux et le grotesque ballet
dansé par le Roy le 16 fevrier 1627 par le Sieur de L'Estoille
Paris. Jean Besson 1627... pp.

Il y a de plus que dans celle cy un sonnet au commencement
adressé au Roi par la Fortune.

VERS SVR LE SVIET
DV SERIEVX.

L E voicy ce grand Perſonnage,
De qui l'inuincible courage
A tant de fourmis abbatus ;
C'eſt luy ſeul dont la Renommée
A ſi haut chanté les vertus,
Qu'elle s'en eſt toute enrumée,
Sur le ſuiet du Groteſque.

AVX DAMES.

V Oicy ce Caualier de qui l'ame n'aſpire,
Qu'à viure en vos priſons,
Bien qu'il merite aſſez pour pretendre
à l'Empire,
Des petites maiſons.

Sa muſique nouuelle, & qui fait des
merueilles
Qu'on ne peut eſtimer,
A des traicts ſi puiſſans, qu'excepté les
oreilles,
Elle peut tout charmer.

Vn Aſtrologue vient, qui iamais n'euſt
    de Maiſtre.
Et n'eſtudia point,
Et ſi ie vous promets qu'il ne laiſſe pas
    d'eſtre
Ignorant de tout point.
    Ce Docteur pourſuiuy de Chimeres
    affreuſes
Eſt tout preſt d'arriuer,
Et predit que cét an les fievres amou-
    reuſes
Feront vn peu reſuer.
    Force choſes encor occupent ma me-
    moire ;
Mais ie ne dis pas tout,
Car ie ne verrois pas la fin de ceſte Hi-
    ſtoire,
Que ie n'en fuſſe au bout.

Sur le ſuiet des Hallebardiers emmaillottez.

V Oicy ces ſoldats ſi vantés,
  Et qui ſont ſi braues gendarmes,

Que s'ils n'estoient emmaillottés
Ie croy qu'ils s'enfuiroient aux premieres
    allarmes.

Dialogue des Suisses & des Damoiselles, qu'ils
    trouuent dans des bouteilles.

Les Damoiselles.

FAut-il que nous n'ayons de vous
  Que des mespris pour des caresses?
    Les Suisses.
Cherchez d'autres amants que nous,
Les bouteilles sont nos maistresses.
    Les Damoiselles.
L'Amour a des traits rauissans,
Qui de toute ame ont la victoire.
    Les Suisses.
Ses traits sont beaucoup moins puissans
Que ceux que Bacchus nous fait boire.
    Les Damoiselles.
Nostre teint n'est point sans appas,
D'œillets & de neige il esclatte.
    Les Suisses.
Et le nectar de nos repas

A faict le noftre d'efcarlatte.
Les Damoifelles.
Nous pouuons iurer hardiment
Que d'aymer vous n'eftes pas dignes.
Les Suiffes.
Ne nous parlés point de fermens,
Si ce n'eft de celuy des vignes.

Les Suiffes à leurs Bouteilles.

LA tauerne eft noftre maifon,
C'eft là que tout plaifir abonde;
Mais nous y perdons la raifon,
En la faifant à tout le monde.

Bacchus qui nous tient prifonniers,
Nous faict combatre à coups de verres,
Et iamais tous les iardiniers
N'ont tant fait que nous de parterres.

Beaux corps, de qui l'ame eft le vin,
Aymables & cheres bouteilles,
Que voftre pouuoir eft diuin!
Qu'il nous fait faire de merueilles.

Par vous toute ame s'amolit
La fille la plus agreable
N'a point tant d'attraits dans le lict

Que vous en auez ſur la table.
   Que vos charmes donnent d'amour ;
Que nous vous dreſſons de trophées !
Et que les Dames de la Cour
Au prix de vous ſont mal coiffées !
   Afin de monſtrer clairement
Combien nous vous auons cheries,
Il faut qu'à noſtre enterrement
Vous ſoyez à nos armoiries.
   Mais du vin qui nous rend contens,
N'eſtant pas bonnes meſnageres,
Comme les filles de ce temps
Vous deuenés bien-toſt legeres.
   Voilà pourquoy nous nous faſchons
De vous voir de tous recherchées,
Et iamais nous ne nous couchons
Que nous ne vous ayons couchées.

Autre pour les Suiſſes.

QVe voyons-nous ? que de merueilles !
O ! quel prodige, ô ! quel Deuin
Euſt iamais dit que ces bouteilles
Euſſent des femmes pour du vin ?

Chacun rit de cette aduanture,
Et s'eſtonne auecque raiſon,
De quoy le bon Bacchus endure
Ces Diableſſes dans ſa maiſon.

Les Eſlectrites de Scandinauie , portant des
Horloges, Repreſentées par Monſieur le
Duc de Nemours , & Monſieur
le Comte de Carmail.

MOnſieur le Temps vole ſans ceſſe,
Et fait d'inſignes trahiſons,
Ce grand aualeur de ſaiſons
A deuoré noſtre jeuneſſe.
   Mais quand nous venons à penſer
Qu'il a nos beautez effacées,
Nous deſirons de le paſſer,
Auſſi bien qu'il nous à paſſées.
   Nos rides font voir clairement
Combien il nous à mal traitées,
Pour garder plus ſoigneuſement
Les heures qui nous ſont reſtées,
Nous les tenons inceſſamment.

L'Aſtrolo-

L'Astrologue Serieux.

IE suis vn des plus vieux Prophetes,
Quel honneur ne dois-je obtenir,
Moy qui lis encor sans lunettes
Dans les liures de l'aduenir?

Que du Ciel ces funestes flames
Marquent vne rude saison!
Déja les Sergens & les Dames
Mettent tout le monde en prison.

Par ma science ie descouure
Que quelque Courtisan nouueau
Ayant chaut au sortir du Louure
Trouuera son porte-manteau.

Quiconque aura les fievres quartes
Ne passera pas bien son temps,
Et beaucoup prendront bien des cartes
Auparauant qu'ils soient contens.

Les Influences.

AStrologues ambitieux,
Maistres foux qui faites les sages,
Que vous estes malicieux,
De nous blasmer par vos presages!
Pouuons-nous mais si le Sergent

Prend le Courtifan pour fes debtes,
Et fi quand il n'a point d'argent
Il n'efcoute point fes fornettes.

Quel mal-heur qui nous eft fatal,
Fait qu'auiourd'huy l'on nous accufe
De faire aller à l'hofpital
Tant de fauoris de la Mufe?

Quoy? pouuons-nous mais des larcins
Des *qui-pro-quo* d'Apotiquaires,
Ny dequoy tant de Medecins
Font bollus tant de Cimetieres.

Contraignons-nous vn amoureux
D'eftre en plein minuit quand il gelle
A faire tant du langoureux
Sous les feneftres de fa belle?

Et quand il s'y plaint de fon feu,
Dira-t'on que nous foyons caufe,
Si pour le rafraichir vn peu
D'vne eau de fenteur on l'arrofe?

Faifons-nous que quelque fendant
Riche de mine & de langage,
Difne par fois d'vn cure-dent,
Quand il n'a rien à mettre en gage?

Eſt-ce encore nous qui portons
Les yurognes à tant de choſes,
Et ſi leur teint a des bouttons,
Empeſchons-nous qu'il n'ait des roſes?
   Pouuons-nous mais ſi quelquefois
Vn vieil jaloux, vn trouble feſte
Bat ſa femme d'vn autre bois
Que du bois qu'il a ſur la teſte?
   Certes nous auons de l'ennuy
De voir qu'on nous croit ſi mauuaiſes,
Et ne pouuons mais auiourd'huy,
Si tous les veaux n'ont pas des fraiſes.

L'Aſtrologue Grateſque, repreſenté par Mon-
ſieur le Commandeur de Souuray.

CLoris, ie voy dans ta main
   Qu'vn iour ton cœur inhumain
S'efforcera de me plaire,
Ne remets pas à demain
Ce qu'auiourd'huy tu peux faire.
   I'aymay Philis plus que moy,
Et luy predis comme à toy,
Qu'ayant ceſſé d'eſtre belle,
Soudain elle auroit pour moy

L'Amour que j'auois pour elle,
 I'ay dit vray, j'en fuis vainqueur,
L'Amour loge dans fon cœur,
Et n'eft plus fur fon vifage;
Mais ie ris de fa langueur,
Elle eft folle, & ie fuis fage.

 Elle n'a rien d'attirant,
Son nez eft deuenu grand,
Le temps a gafté fa taille,
Sa bouche eft de bleu mourant,
Et fon teint de jaune paille.

 En vain au Louure, au Palais,
Dans le Bal & les Balets
Elle fait de l'agreable,
Et ne voit plus de poulets
Que ceux qu'on fert fus fa table.

 Ses yeux qui font les flatteurs,
N'ont plus tant d'adorateurs,
On mefprife fon feruage,
Et n'a plus de feruiteurs
Que fes laquais & fon page.

 Cloris qui me fçais charmer,
Ne laiffe pas confumer

Ta jeuneffe ineftimable,
Et n'attens pas à m'aymer
Que tu ne fois plus aymable.

Les Chimeres.

AVX DAMES.

NOus retenons voftre beauté,
De goufter vne volupté
Qui vous fembleroit fans feconde,
Et vous oftons la liberté
Que vous oftés à tout le monde.

Faute d'vn baifer feulement,
Vous laiffés mourir vn Amant,
Bien que voftre ame en foit rauie,
Et paffez fans contentement
Le plus bel âge de la vie.

Mais la plus fine d'entre vous
S'efforçant de cacher à tous
L'amour dont elle eft enflamée,
Sans couleur, fans voix, & fans poux,
Tombe par fois toute pafmée.

Le Medecin qu'on va querir
Vfe en vain pour la fecourir,
D'herbe, de fleur, & de racine,

Et ne faut point pour la guerir
Eſtre Docteur en Medecine.

Autres pour les Chimeres.

A V X D A M E S.

N'Ayés point de peur de nous voir,
Beautés, à qui noſtre pouuoir
Fait garder des loix ſi ſeueres;
Dans la teſte de vos jaloux
Vous trouueriés bien des Chimeres
Plus extrauagantes que nous.

Compliment des Courtiſans Serieux aux
Courtiſans Groteſques.

CHacun eſt rauy de vos geſtes,
Ces habits vous rendent ſi laiſtes,
Qu'on ne peut aſſés les vanter;
Les chauſſes en ſont tres-bien faites,
Et l'on n'y doit rien adjouſter
Qu'vne douzaine de ſonnettes.

Reſponce des Courtiſans Groteſques aux
Courtiſans Serieux.

NOs ſciences ſont trop petites
Pour vous reſpondre dignemens;
Car vous parlés ſi finement,

Qu'on n'entend point ce que vous dites,
  Les plus grands Guerriers vous re-
  doutent,
Vous en pouués venir à bout,
Les muets vous prisent par tout,
Et par tout les sourds les escoutent.
  De vos graces chacun s'estonne,
Vous pouués donner de l'amour
A force Dames de la Cour,
Qui n'en donnent plus à personne.

Sur le suiet des Dames Serieuses.
POUR LE ROY.
Representant vne Dame Serieuse.

CHacun demande icy, pourquoy
En cet habit on voit vn Roy
Si parfait du corps & de l'ame;
Mais ie le trouue bien vestu,
Puis que c'est d'vn habit de femme
Que l'on habille la Vertu.

*Pour Monsieur le Duc de la Roche-guyon,
representant aussi vne Dame Serieuse.*

O que sous cette robbe est vn rare tre-
    sor!
La gloire de ce Duc par tout le monde est
    sceuë,
Et luy voir cét habit, cét voir Hercule
    encor
Porter vne quenoüille au lieu d'vne mas-
    suë.

FIN.